Dany Wambire, um imbondeiro que brotou nas margens do Rio Chiveve, cujas raízes crescem gradualmente e já começam a atravessar as fronteiras do mundo. Jovem ainda, a sua voz soa nos corações dos leitores com altos níveis de realidade e ficção.

Dany Wambire constrói os seus contos com suavidade, como quem tece as frágeis pétalas das flores. Muito cedo descobriu-se intérprete dos sonhos mais profundos da sua gente.

O grande alcance de Dany é tanger, com olhar crítico, os eternos dilemas do ser humano, sempre gravitando entre a ordem e o caos, sonhos e ilusões, conflitos e preconceitos com que a sociedade foi construída.

A sua sensibilidade leva-o a tocar nas relações de género repudiando tempestivamente a violência contra as mulheres e raparigas. Em cada página do seu livro, vai narrando os enganos e desenganos da sociedade, mas sempre na perspectiva de construir um mundo mais humano.

Paulina Chiziane

DANY WAMBIRE

A MULHER SOBRESSALENTE

1ª reimpressão

Copyright © 2018 Editora Malê
Todos os direitos reservados.
ISBN 978-85-92736-26-2

Ilustração da capa: Alex Dunduro
Capa: Pedro Sobrinho
Diagramação: Márcia Jesus
Projeto gráfico e edição: Vagner Amaro
Revisão: Léia Coelho

Por solicitação do autor, esta obra manteve a variante do português falado e escrito em Moçambique. A língua oficial da República de Moçambique é a língua portuguesa.

Dados internacionais de catalogação na publicação (CIP)
Vagner Amaro CRB-7/5224

W243a   Wambire, Dany
         A mulher sobressalente/ Dany Wambire. –
         Rio de Janeiro: Malê, 2018.
                 94 p.; 21 cm.
                 ISBN 978-85-92736-26-2
         1. Conto moçambicano II. Título

                                CDD – M869.301

Índice para catálogo sistemático: 1. Conto moçambicano M869.301
2018
Todos os direitos reservados à Malê Editora e Produtora Cultural Ltda.
www.editoramale.com.br
contato@editoramale.com.br

SUMÁRIO

Prefácio – O prazer do conto **6**

O linchamento dos dólares **11**
O bêbado corrigível **21**
O filho de camponês **27**
A mulher sobressalente **37**
Melissa **47**
O habitante de ruínas **53**
O analista drogado **59**
Conselheiro da enfermeira **67**
Casal de brincadeira **73**
A bolsa diz tudo **81**

Posfácio – Wambire à flor da pele **90**
Glossário **93**

Prefácio
(O prazer do conto) [1]

Agora compreendo a razão principal d'O prazer do texto: procedendo de variações sobre a escrita, de Roland Barthes[2] . Essa compreensão funda-se num único pretexto: a literatura não configura – como defende Carlo Ossola, que prefaciou esse majestoso ensaio – "um corpo ou um conjunto de obras, (...), mas a representação gráfica dos traços de uma prática: a prática de escrever". É que, para ser preciso, escrever é estabelecer um pacto brioso entre o autor e as coisas, ou seja, abandonar as práticas burguesas de «capitulação e recapitulação» do que deve ser politicamente correcto. Isto é, o autor faz uma espécie de insurreição silenciosa, uma perversão que caminha para a extremidade do sentido das coisas. Essa prática de escrever é, ao fim e ao cabo, a própria escrita e a escrita não é senão a vida, a interpretação de fenómenos sociais que circundam quotidianamente o espaço da humanidade.

---

1 Texto de Martins Mapera, Doutor em Hermenêuticas Culturais; Professor da UniZambeze e Director da Faculdade de Ciências Sociais e Humanidades; Poeta e ensaísta.
2 Roland Barthes (2009). O prazer do texto: procedido de variações sobre a escrita. Lisboa: Edições 70.

É dessa forma que encaro *A mulher sobressalente*, de Dany Wambire, porque representa, verdadeiramente, um conjunto de instrumentos subtis com que se constrói todo um sistema do mundo habitado única e exclusivamente pelas personagens contísticas. E esse instrumento, como não podia ser outro, é constituído pela imagem anarquizada da mulher. Com efeito, se olharmos detidamente o espaço diegético do conto, facilmente podemos concordar com essa forma wambiriana de imaginar o mundo. Muitas vezes, a mulher é tratada como um instrumento de trabalho, uma moagem procriadora de vidas e cuidadora da prole.

Ao ler Dany Wambire, sou tentado a corroborar com a tese do autor americano Edgar Allan Poe, que compara entre conto e poema [3], afirmando que a poesia consubstancia uma "unidade de efeito ou impressão", que devia ser enxergada em composições cujas leituras são breves e uníssonas, uma vez que o poema conduz o leitor a uma "exaltação da alma" que não pode durar muito tempo. Na verdade, a "elevação da alma" é intrínseca ao processo de criação do conto.

Os contos insertos nesta colectânea escrita por Dany

---

3 Cf. Luana Teixeira Porto, Professora do curso de graduação em Letras e do Mestrado em Letras, que produziu um artigo importante sobre o conto na visão crítica de Julio Cortázar, Estação Literária.

Wambire têm uma densidade semântica bastante impressionante, na medida em que fazem uma combinação perfeita de acontecimentos que permite alcançar a densidade e a tensão narrativa, tornando estes dois factores arquétipos essenciais à produção da narrativa breve. Usemos como exemplo a narrativa intitulada «O linchamento dos dólares». É um conto construído numa base intrinsecamente comovente, porque se trata de uma estória vivenciada de forma mais preocupante pelas personagens. E essa realidade atravessa o interstício do mundo ficcional para o mundo realístico do quotidiano. A impressão que se instalou, por exemplo, com a morte de Samissone é de um estrago lutuoso na família de Valdemar, mas esse estado de alma é atenuado pela indemnização adiposa que a empresa de pesca, Camarão da Munhava, desembolsou aos cofres da família do finado. Como se deve imaginar, a família ficou atormentada pela satisfação, porque os dólares aliviariam o grande pesadelo da pobreza: "Valdemar exibia, à superfície do rosto, a mais incomum alegria". Só que, a emoção foi curta. Curta, porque o azar não vem só: Com efeito, esta forma de produzir o texto é propositada para provocar a elevação da alma do leitor. É isto que defende Edgar Allan Poe. É isto que caracteriza os contos de Dany Wambire.

Nesta colectânea, a vivência do autor vem ao de cima, sobretudo, quando conta a estória de um "bêbado corrigível". É uma estória impressionante, com um início tecnicamente previsível e o verdadeiro texto contístico poderia, na verdade, ser constituído pelo segundo parágrafo, porque é nesse bloco discursivo que detona, com maior profundidade, o núcleo diegético que, como convém a um bom conto, é determinado pela economia de recursos narrativos. Finalmente, *A mulher sobressalente* é, no mais sensato pensamento crítico, uma grande sala de aula onde se aprendem as principais lições de cosmogonia social.

10 de Março de 2018

Martins Mapera

Pobreza é escravidão
(provérbio africano)

O linchamento dos dólares

Como sardinha em lata, a vida de Valdemar seguia. O viver ia-lhe mesmo muito difícil que, à semelhança dos outros pobres do bairro da Munhava, só se preocupava com o presente. E o futuro? Este pertencia aos que podiam sonhar. Valdemar estava de costas ao porvir e insensível aos sermões do pastor Sozinho, o conselheiro dos habitadores do bairro.

— *Irmão Valdemar, o pobre pode perder tudo menos o sonho.*

— *Eu sei, pastor! Mas acontece que já perdi o caçador do sonho: o sono.*

A única e exclusiva coisa que Valdemar não tinha perdido era a fome que, curiosamente, lhe afugentava o sono. Mais o sonho, que o pastor Sozinho vinha pedir-lhe para não o perder.

Valdemar só chegou a resgatar o sonho quando soube que um dos filhos, de nome Samissone, tinha morrido na sequência de uma explosão ocorrida na empresa Camarão da Munhava. Brincando com um grupo de amigos, tinha sido ele, filho do pobre Valdemar, o escolhido pelo estilhaço da explosão que o atingiu mortalmente.

Instalaram-se dias de luto. Mas nesses dias, contrastando a tristeza dos familiares que vinham chorar a morte de Samissone, Valdemar exibia, à superfície do rosto, a mais incomum alegria. Mas, minutos depois, alguém fez coro com ele, contagiado. Era Chico, o amigo mais confiado do enlutado. E foi graças a Chico que se percebeu a motivação daquela enigmática alegria de Valdemar.

— *Valdemar, é agora que a tua pobreza vai acabar. Tu vais receber uma indemnização choruda pela morte do teu filho.*

— *É isso, amigo, apesar de esse bem ter vindo com o mal. Foi-se o meu Samissone…*

— *Não te preocupes com os filhos. Nós podemos fazê-los num abrir e fechar das saias das nossas mulheres.*

Era verdade. Valdemar ia receber muito dinheiro pela morte do filho. Disso se teve certeza quando um grupo de gestores da empresa Camarão da Munhava veio solidarizar-se com a família do falecido. Foi do responsável máximo da empresa que Valdemar recebeu a confirmação do montante que ia receber.

— Nós vamos dar 2000 dólares para si e sua família, senhor Valdemar.

O enlutado ficou emudecido, entulhado de alegria. Não a manifestou, contrariando o hábito. Pensou que não era bom que os pobres, correligionários seus, soubessem que iam perder um membro. Podiam-lhe encomendar feitiço, única arma com que aqueles pobres abatiam os ricos que não sabiam comer com os outros.

O dinheiro chegaria depois do sétimo dia. Mas Valdemar ia antecipando gastos. Sacos plásticos carregados de comida variada davam entrada na sua casa. Para o agrado dos que estavam em serviço de choro. Afinal, certo é o adágio: "onde há falecimento, há comida".

E diga-se, em creditação da verdade absolutíssima: comeu-se de verdade. Prova disso era a quantidade e a qualidade dos choros que se exalavam da casa. Talvez se chorasse daquele modo para justificar a comida que se comia. Ou mesmo para prolongar a dor e, assim, comer-se cada vez mais.

O auge dos choros aconteceu no dia do enterro do menino Samissone. Quase todo o mundo enfeitava o rosto com lacrimosos líquidos. Parecia, disse um dos presentes, que aquelas lágrimas eram produzidas nas cercanias dos olhos, demasiado perto.

Depois do dia do enterro, a casa de Valdemar continuou cheia. Como continuaram cheios os sacos plásticos de comida que davam entrada na casa. Para não variar, eram enormes as dívidas que Valdemar andava contraindo nas lojas que o circundavam. Tudo seria pago logo depois do sétimo dia, quando recebesse os 2000 dólares a que tinha direito.

Então, passou o sétimo dia. Depois de passar a noite em claro, Valdemar e a esposa prepararam-se para ir receber os dólares da indemnização – amigável, diga-se. Vestido de fato incompleto, Valdemar seguia em frente, enquanto a mulher, atrás, acertava as peças de capulana no corpo.

Chegados à empresa, sentaram-se ao pé do portão, à espera dos proprietários. Era demasiado cedo. Para não se cansarem com a espera, foram trocando palavras com o guarda em serviço, até que chegou o responsável máximo da firma. Sem demoras, o responsável autorizou-os a entrar no gabinete e entregou-lhes um maço de dólares. O casal avaliou a quantidade dos dólares e, sem saber ao certo o valor daquele dinheiro, perguntou ao indemnizador:

— Quanto é que valem esses dólares?

— Vão lá fazer as contas. Mas fiquem a saber que o dólar vale muito.

Pronto. Promessa cumprida. Valdemar e a esposa abandonaram o perímetro da empresa. Mas, antes de percorrerem grande distância, os dois pararam para guardar o dinheiro no lugar mais seguro. O interior das peúgas de Valdemar foi o lugar escolhido. Ali nenhum larápio imaginaria que dormiam avulsas e avultadas somas de dinheiro.

No quarto, os dois deixaram-se afogar na cama. Uma única actividade preencheu-lhes a tarde: contagem e recontagem do dinheiro. Cansados, acabaram assaltados pelo sono. Só acordaram de madrugada, quando ouviram gritos de populares:

— Mbava... Mbava... Mbava...

Era o sinal de que tinham apanhado um ladrão. Também gritando, Valdemar e a esposa correram para onde convergiam as vozes. Na zona de Valdemar, gerava-se uma enorme animação quando se flagrava um ladrão. A alegria era igual à de pescador faminto quando apanha um peixe. Mas com uma clara diferença: o pescador festeja porque vai matar a fome, enquanto os companheiros de Valdemar festejam porque vão matar quem lhes causa a fome.

À volta do ladrão, uma multidão ocupou o chão. O gatuno começou a receber porrada de todos os pontos principais de orientação: Norte, Sul, Este e Oeste. Quando perdia os sentidos, animavam-lhe às bofetadas. Ao sabor daquela violência, muitos saltitavam em festejos.

Nesse entretempo, foram chegando ao palco de violência fósforos, pneus, gasolina e outros combustíveis. Quando estava tudo a postos, Valdemar gritou:

— *Fogo com ele!*

A seguir veio o coro da multidão a autorizar a mais gravosa violência. Em fracção de segundos, o ladrão ardia que nem capim seco. Festa rija. E entre os festejadores estavam crianças, certamente a receber testemunho dos mais velhos para como agir no futuro.

Contrariando os demais, alguém sensato perguntou à multidão se aquele ladrão tinha realmente roubado em alguma casa. Ninguém chegou a responder, pois a polícia, avisada sei lá por quem, acabou por chegar ao local. Todos puseram-se em fuga.

Em casa, cada um foi verificando se os seus bens estavam

completos. Sem muitos bens, a única coisa que Valdemar tinha a verificar era o seu maço de dólares. Mas, para o seu espanto, o maço de dólares não estava onde o havia depositado. Olhou para a mulher a exigir explicações. Mas nenhuma explicação veio. Tudo começava a amargar. Verificou o estado das janelas do quarto e confirmou que uma delas estava violada.

Desesperado, Valdemar entendeu regressar ao palco de linchamento do ladrão. Caminhava sem vontade, imaginando mil coisas. Mil coisas como quem diz, pois a realidade que se ajoelhou aos seus pés impedia mais pensamento.

Acredite-se! Valdemar, ao abeirar-se do ladrão linchado, viu que um agente da polícia destacado para repor a ordem naquele lugar segurava nas mãos o tal maço de dólares, já consumido até ao meio pelo fogo assassino. Valdemar, que já estava endividado até ao pescoço, esqueceu-se de que era homem e pôs-se a chorar:

— *Senhor Polícia, esses dólares queimados são meus.*

— *Como assim? O senhor foi um dos que ateou fogo neste ladrão?*

Não respondeu nada com clareza. Então, o que fez a polícia foi recolher Valdemar para os calabouços, acusando-o de ser um dos linchadores. E, já na esquadra, Valdemar teve que aturar os sermões do comandante.

— Nós temos dito que não podem fazer justiça com as próprias mãos. Veja agora: o senhor está preso e perdeu os seus dólares! Nós temos dito: devem entregar os criminosos à Justiça, que, para além de punir os infractores com prisão, obriga-os a reparar os danos causados às vítimas.

— Eu estou arrependido, senhor comandante. A minha vida ia mudar com esses dólares...

— Está a ver, né? Agora, o pior é que, se a Justiça decidir, o senhor pode ficar preso por muitos anos.

Prisão? Não. O que a Justiça decidiu foi a soltura de Valdemar por insuficiência de provas relativamente ao seu envolvimento directo na morte do ladrão. Valdemar não gostou da decisão. E justificou-se:

— Senhor Juiz, eu criei muitas dívidas confiando nos dólares que queimaram. Eu prefiro continuar na cadeia senão as pessoas a quem eu devo me vão linchar.

Decisão tomada. Anunciou o martelo do juiz. Mais uma vez, esse martelo de madeira se mostrou competente em fazer ouvidos de mercador. Valdemar teve que se conformar e, escoltado, regressou à cadeia para recolher os seus pertences e apresentar o documento de soltura.

Já com os pertences na mão, Valdemar foi informado que o funcionário que carimbava as solturas tinha viajado para seminário numa província do norte do país. Que Valdemar aguardasse nas celas, solto mas não soltado.

— *Em duas semanas a sua situação estará regularizada* — garantiu a funcionária da Secretaria da penitenciária, a quem Valdemar respondeu com um quase inaudível "não tem problemas".

A partir daquele dia, Valdemar ficou preso, assim se dizia, em regime de prisão ambulatória. Ele podia sair e voltar à hora que quisesse. Mas Valdemar não quis fazer uso desta prerrogativa. Se algumas vezes saiu, foi porque os guardas prisionais lhe mandaram comprar pão e açúcar no mercado da Praia Nova, onde, uma dessas vezes, foi emboscado, por dois comerciantes.

Motivo? Valdemar estava a demorar pagar-lhes o dinheiro que devia. Queriam bater nele, mas Valdemar, feito larápio profissional, acabou por se escapar por entre as pernas daqueles dois comerciantes. Correu rápido para se refugiar na cadeia. Aquilo soou-lhe como um aviso dos cobradores de dívidas.

Para as duas semanas, faltavam apenas dois dias. O funcionário dos carimbos já tinha regressado, faltava apresentar-se ao serviço. Valdemar teve que se decidir naqueles dois dias: ou solicitava a Deus um milagre para se manter na cadeia ou se arriscava a ser petisco da sociedade. Preferiu arriscar. Meteu folha de serra dentro das celas, que há muito lhe era solicitada pelos reclusos que não tinham um pouco de liberdade. Cortaram-se as grades e evadiram-se dez presos.

Como Valdemar previra, foi sol de pouca dura. O caso chegou aos investigadores criminais e todos aqueles presos foram de novo recolhidos aos calabouços. Inquiridos, todos revelaram que tudo fora facilitado por Valdemar. Este, que estava por perto, não desmentiu nem omitiu. Voltou às celas, não por ele ser perigoso para a sociedade. Muito pelo contrário. Ele voltava à cadeia para estar protegido da mãe de todos os crimes: a fome.

A mulher sobressalente

> Quem deve lutar é aquele que já sonhou com derrota
> (Irmão de João Esponja)

O bêbado corrigível

João Esponja estava num tabuleiro amarrado ao segundo andar de dois coqueiros, que se tornaram inférteis mal Moçambique se decidiu estar independente.

João estava preso àquele tabuleiro, próprio para assar pães, por três cinturões, um no sul, outro no centro e mais um outro no norte do corpo. Dois eram da cor de luto, sinalizando que João podia ser óbito a qualquer momento. E, como que a informá-lo de que aquele assassinato seria com muita violência, com sangue para dar e vender, colocaram-lhe o cinturão da cor do sangue na zona do pescoço. Aqui não lhe apertaram muito, pois era bom que esse João, pelo menos, movesse a cabeça para esquerda e para direita e vice-versa. Deram-lhe esta oportunidade para que ele visse onde estava, longe do céu e distante da terra.

Também queriam que esse personagem, já entrado na idade, chorasse como deve ser quando a aflição assim exigisse. Braços atados, pernas amarradas, só lhe restava a força da voz para solicitar socorro.

Pouca ajuda se esperava naquele espaço, habitado por um número considerável de animais selvagens, que iam desde os da primeira até os da última ordem. João não só era estrangeiro naquele lugar. Era também estranho. Nenhum animal lhe reconheceria o sotaque da voz quando fosse gritar, retirar a harmonia dos sons que se exalavam pela savana. Talvez João, dessa vez, corresse o risco de ser considerado um animal irracional, mal aqueles animais não se dessem ao luxo de compreender o funcionamento do pensamento daquele intruso aéreo. Afinal, certa é a verdade: quem não sabe, rotula.

Oito horas é o tempo que tinha passado, desde que um grupo de três homens e uma mulher tinham feito subir o tabuleiro em que jazia João, morto de sono.

Como era habitual, depois de essas horas falecerem, o álcool não mais podia estar no corpo do João. A sobrar uma réstia de álcool, seria o odor, que, em boa verdade, qual perfume natural, nunca se desgrudava daquele corpo.

Passadas aquelas oito horas, João estaria com olhos bem abertos, espreguiçando-se sobre a sua cama feita de filetes de caules de coqueiros. Mais uma vez, estaria a ter o arrependimento de rotina, falando para os seus botões que aquela seria a última vez que bebia, jurando palavra de honra ou em nome dos dois filhos que tinham sido mortos no pilão por um dos beligerantes da nossa mais recente guerra civil.

João queria ter feito tudo o que fazia quando o álcool lhe dava tréguas do comprimento de uma régua de 30 cm. Queria ter acordado e ter mandado matar um pintainho, grelhar com muito limão e sal e comer com xima de mapira.

Naquela hora queria ter pensado e realizado tudo isso mais alguma coisa, mas os seus olhos o traíram quando se viraram para o chão. Para além de estar preso a três cinturões, sentiu que dentro das suas calças tinham sido enfiadas duas catanas bem afiadas. Queriam-lhe decepar o jogo de sexo: o gesto sinalizava isso. Lá embaixo, João viu sal grosso dentro duma panela de barro. Ao redor, nem uma alma da sua estirpe ele via, só ouvia música dos pássaros.

João começou a chorar. Como uma criança, é verdade. Imóvel, foi obrigado a aumentar o volume do carpido. Como ondas marinhas, a voz de João foi ecoando pela mata adentro até atingir as palhotas residenciais.

Aos gritos de João, ninguém respondeu prontamente. João deixou de chorar pelo sofrimento e passou a sofrer pelo choro. Na sua idade, estava proibido de despejar lágrimas daquele jeito. Homem que é homem não podia chorar como se fosse mulher, dizia-se na tradição.

Além do mais, não eram os choros que o tornavam diferente do homem. João igualava-se a uma criança quando o tabuleiro suspenso se movimentava ao sabor daqueles carpidos. Nalgumas vezes se deixava consolar com aquele baloiço.

João gritou até onde a sua boca permitiu, após o que começou a lembrar-se do sofrimento que sempre causava à sua mulher, aos seus filhos e aos seus irmãos. Tudo por conta do álcool.

Desfiadas todas estas memórias, João voltou a chorar com mais força. E foi nesse instante que lhe chegaram à mata a mulher e os quatro irmãos. Antes, João preferiu fechar os olhos, pensando tratar-se de seus carrascos. Mas, depois, foi reconhecendo cada uma daquelas almas pelo timbre das vozes. Todas as vozes eram familiares. Encheu-se de alegria.

Os familiares recém-chegados não se deixaram contagiar com a sua alegria. Inundados de sentimentos de pesar, desataram a chorar, contagiando e obrigando João a mudar de sentimento. De oito para oitenta.

Já no auge dos carpidos, o irmão mais velho de João deu explicações ao irmão, ainda pendurado no segundo andar dos dois coqueiros.

— João, não imaginávamos que tu estivesses vivo. Vasculhamos toda a mata à tua procura. Graças a Deus, tu escapaste dos assassinos...

— Que assassinos, mano?

— Há um grupo de pessoas que anda a raptar bêbados com a finalidade de os assassinarem e extraírem-lhes os órgãos sexuais.

Duas catanas afiadas em direcção ao interior das calças: João tomou consciência do que lhe estava a acontecer. Ou melhor, do que, por pouco, lhe iria acontecer.

Então, como quem tinha espreitado a cova da morte, decidiu não mais voltar a beber, para a alegria da família que, com sucesso, tinha montado aquela cilada que aqui se revela, passadas duas décadas.

    É por si, caro leitor, que se revelou este segredo, mesmo sabendo que João pode voltar a beber quando este conto lhe chegar às mãos e aos olhos.

A enxada não mente
(provérbio sena)

O filho de camponês

Tinha a impressão de estar num lugar errado, por isso sentou-se na última carteira do lado direito da sala de aula, próximo da porta azul-clara. Quis estar ali no fim para que fosse o primeiro a abandonar aquele perímetro mal o professor lhe perguntasse, com aquela sua voz cheia de certezas, o que vinha fazer naquele lugar.

— *Vamos para escola para sermos alguém.*

Maveze levantou o rosto, agora maquiado com um sorriso. O coro dos colegas garantiu-lhe estar no lugar certo. Era isso que ele queria ouvir quando o professor Cipriano perguntou por que se vai à escola.

Agora Maveze deixou-se afundar na carteira, a primeira da sua vida. Onde tinha feito as primeiras cinco classes, não tinha aquele luxo. Encostou-se ao colega do lado direito para que à sua esquerda se sentasse pelo menos a nádega direita do terceiro colega.

Nesse instante, o professor virou-se para o quadro para registar a data e a lição do dia. Antes, apagou a palavra "sumário", escrita por um outro professor, que por engano tinha entrado no tempo que não lhe pertencia. Bem que um dos alunos, que tentava se impor como chefe de turma, quis alertar aquele professor, mas este descarregou a sua autoridade, evitando intimidade.

— *Vai lá sentar, ordem na sala.*

No lugar do "sumário", "tema" escreveu o professor Cipriano. Todos os alunos se apressaram a borrar o caderno, antes que o professor passasse de carteira em carteira a exigir alteração. E, depois de ter escrito uma dúzia de palavras nos preliminares, voltou à vaca fria.

— *Vocês disseram que vieram à escola para serem alguém. Por acaso, já se perguntaram como é esse alguém?*

— *Para mim,* — iniciou um aluno da primeira fila — *alguém é aquele que estudou, se formou, trabalha num bom sítio.*

— *Para mim, ser alguém é não depender de nenhum homem.*

Interveio uma menina, na segunda fila, que sofria os traumas do casamento da mãe, mal conseguido, cujos laços estavam a rebentar, um a um, sobrando um fio muito delgado. A menina recitou a melodia que a mãe lhe depositava nos ouvidos. "Minha filha, estuda que a escola será o teu primeiro marido".

Na terceira fila, voluntariou-se um menino. Quis levantar-se logo, mas a pasta de cadernos que repousava nas coxas não permitiu. Tentou metê-la na gaveta da carteira, mas se arrependeu. Estava empoeirada. Ergueu a pasta e cobriu o peito, o que lhe permitiu estar à vontade em pé.

— *Para mim, ser alguém* — começou o menino — *é ter boa casa, bom carro, bom emprego, enfim, não sofrer.*

O professor ia acenando com a cabeça à medida que o menino arrolava adjectivos, em sinal de concordância. O menino lembrava-se do pai, um alfandegário, para alistar qualificações. Para lhe concluir o raciocínio, o professor lhe disse o seguinte:

— *Alguém é aquele que não é um camponês.*

Maveze assustou-se. Em seco engoliu a sentença do professor. Ele que tinha um pai camponês, torturador da terra, aquilo não lhe caiu bem. Já lhe bastava não terem referenciado o pai para compor a caixa de exemplos de profissões a seguir. Ainda inconformado, Maveze quis perguntar ao professor por que o camponês não podia ser considerado "alguém". Mas palavras não lhe saíram em tom apropriado, para se propagarem até ao ouvido do professor. Quem lhe ouviu foram os dois colegas da carteira, que, de imediato, lhe instaram a falar alto.

— *Grita para o professor ouvir* — e riram-se.

Maveze empederniu-se. O que ia dizer pensou que fosse disparate. Os risos dos colegas lhe traziam essa interpretação. Para não aborrecer o professor, que já começava a perder o controlo da turma à medida que os risos se iam propagando, os dois colegas revelaram ao professor o que estava na prisão da garganta de Maveze.

— *Tu queres estudar* — riu-se o professor — *para ser um camponês!? Sonhe grande, menino. Sonhe trabalhar num bom escritório, com ar condicionado e tudo. Não acredito que tu queiras andar sempre sujo e queimar com sol todos os dias numa machamba.*

— *Ele está a estudar para sofrer, senhor professor* — em uníssono, a turma troçou de Maveze.

Talvez os colegas e o professor tivessem razão: pensou Maveze. Talvez o pai, Fernando Campos, que crescera nos campos, a alimentá-los com sementes variadas e a vê-las regadas pelas águas celestes, não o quisesse naquela profissão. Talvez quisesse que o filho não saísse aos seus e, por via disso, degenerasse, competente de outras profissões.

Maveze, então, foi estudando com esmero. A correcção do destino dá uma trabalheira danada: Maveze estava avisado disso. Quem nasce pobre, morre empobrecido. Que o digam os professores que ensinavam como se subiam as escadas da fortuna aos seus alunos, mesmo também precisando dessas escadas. Já as tinham tentado subir em algum momento da vida. Fracassaram. Agora se limitavam a ensinar os outros a subir pelos degraus.

Maveze estudou e concluiu a 12ª classe. Restava o curso superior. O pai estava disposto a ajudá-lo. Tinha a ambição de cursar Direito, pelo menos assim endireitava a sua vida. Invejava os profissionais desta área que se vestiam a rigor e falavam com o mais incomum sotaque. Mas esse sonho foi por água abaixo por má escolha que tinha feito na 11ª classe. No lugar das Letras, ele escolhera Ciências.

Acabou por se matricular no curso de Engenharia Agronómica, onde se manuseia a terra com ciência. O senhor Campos se alegrou e fez de tudo para que o filho concluísse o curso com sucesso. Terminadas as cadeiras teóricas do curso, Maveze foi alistado como estagiário numa fábrica de açúcar. Aqui Maveze tinha que vigiar a terra: ver se dava de comer e beber o suficiente para que as canas tivessem o açúcar que as caracteriza.

Afecto à zona das plantações da fábrica, Maveze não se deixava sujar com a terra. Nem grãos de areia passavam pela lupa dos seus olhos. Ele ficava ali a distribuir ordens aos funcionários mais reles da empresa.

— *Eu sou engenheiro* — respondia aos murmúrios dos subordinados. — *Eu estudei para não pegar terra*.

Guardava-se uma grande distância, diziam os subordinados provisórios de Maveze, entre os engenheiros da nacionalidade dos proprietários da empresa e os moçambicanos. Os nossos só mandam — falavam em surdina.

No final do estágio, os gestores quiseram contratar Maveze. Mas, pelo fraco domínio da prática daquela actividade, só estavam dispostos a pagar-lhe como um técnico médio, ao que Maveze recusou prontamente. *Eu sou engenheiro* — repetia inúmeras vezes. Preferiu regressar à cidade para procurar melhores condições. Tentava aqui e ali, mas a sorte não lhe sorria.

E aos poucos já começava a entoar a canção dos fracassados: "neste país, se não tens costas quentes não apanhas emprego".

O senhor Campos, através de um amigo de infância de Maveze, soube que o filho andava na cidade, como se dizia, a apanhar papéis. E à procura de quem tivesse costas quentes para o ajudar. Então, decidiu, pelo punho do tal amigo, escrever-lhe:

— Caro filho, alegro-me por saber que já concluíste, com sucesso, o curso de agronomia. Diferente de mim, agora és um camponês profissional, científico. Foi para seres isso que te mandei estudar na cidade. As tuas costas quentes sou eu: tenho as mais produtivas terras do distrito. Agora já não seremos mais pobres. Quero que voltes e venhas aplicar a tua ciência nestes hectares de terra que temos.

Sem demoras, a resposta de Maveze se fez chegar. Não por carta, mas por uma mensagem de celular. De alguém próximo, é claro.

— Obrigado, pai. Tenho muito orgulho de ti, mas eu não posso voltar a casa para revirar a terra. Eu estudei para ser alguém, não para ser um camponês.

Quando lhe leram a mensagem, o senhor Campos caiu. Não era ele que caía naquele instante. Era o sonho. Que ele esteve a construir ao longo da vida.

Enquanto o senhor Campos, internado no hospital rural, era tratado da depressão, Maveze continuava a apanhar papéis pelas ruas da cidade. Até que um dia, viu neles um anúncio de vaga para engenheiros agrónomos. Uma antiga firma agrícola europeia, que tinha operado em Moçambique na década de cinquenta, estava de volta e a recrutar profissionais moçambicanos para interagir com camponeses nacionais, que deviam produzir grandes quantidades de amendoim.

Em entrevista com Maveze, os gestores da firma souberam que o entrevistado era natural do distrito com as terras mais férteis. Era lá onde a empresa queria ter maiores lucros. Para juntar o útil ao agradável, Maveze acabou contratado, tendo recebido a missão de facilitar negociações com os camponeses e com o administrador local. Negociações como quem diz: calariam a boca do administrador, um vende-pátrias, com notas da cor do capim. Para os camponeses, não se esperava grande coisa: chambocos, caso houvesse insurrectos, ignorantes de que a terra é propriedade do Estado. Mas quem mais se insurgiria se o maior rebelde do distrito, Fernando Campos, estava deprimido, de comprimidos vivendo?

Mas, no dia de distribuição de sementes melhoradas, o senhor Campos compareceu entre os camponeses, alto e altivo,

A mulher sobressalente

e viu o filho descer de um carro moderno, cheio de requintes. É filho do senhor Campos — cochichavam os camponeses.

Maveze deu-se conta de que o pai estava ali. Saiu a saudá-lo, mas o velho se conservou no miolo da multidão. Quando chegou a sua vez de receber sementes, apenas entregou as mãos, no lugar do rosto estava a nuca. Tudo para evitar o filho.

Quando as sementes já repousavam em suas mãos, apertou-as, como se as quisesse sufocar. Avançou, rápido, para casa e pôs as sementes a cozer em lume brando. Assim como faziam os outros camponeses na época colonial.

Abriu covas nos campos e enterrou aquelas sementes. Fê-lo com todo o esmero, igual ao que se exige aos mortos. Afinal de contas, aquelas sementes ali não conheceriam mais sol nem chuva.

Passado algum tempo, Maveze e seus patrões visitaram os campos para supervisionar o despontar de plantas, mas nenhum chão aceitara engravidar daquelas sementes. E, nas aldeias, todos os camponeses tinham saído, em debandada, para longe de tudo.

A luta pela liberdade começa com
a limpeza dos ismos nas coisas
(Quinita)

A mulher sobressalente

Queriam que eu fosse peça sobressalente.

Quando a manhã do dia 1 de Novembro de 1990 anunciou a sua chegada, a minha mãe estava na sua companhia. Encostada ao portão lilás da minha senhora, ela não se deixou alimentar do medo que os cães de casas próximas a forçavam a consumir. Nem o coro de latidos, executado por cães distantes, solidários com os que acabavam de ver o seu território violado, foi capaz de a demover do único acesso à casa da minha patroa.

Temendo importunar os proprietários, sentou-se no passeio da casa. Aliás, não era intenção dela ser atendida de madrugada. Chegou demasiado cedo só para que ela e a minha senhora não se perdessem nas pistas de entrada e saída da zona.

O assunto que ela trazia pedia urgência. Ela estava a ser acusada de ter facilitado a minha fuga para a cidade. Eu me tinha evadido da cadeia, que são as minhas origens, para ser uma criada na cidade. Tinha medo de não poder ir à escola, para ficar a plantar milho, arroz e inhame, vê-los crescer, invejando-os por beneficiarem de um banho do sol, de um banho da chuva, das brincadeiras de empurra-empurra com o vento, coisas que eu nunca receberia do meu pai.

Não que o meu pai não tivesse carinho para dar. Tinha. Mas dedicava-o aos copos, acariciando-lhes as bordas. A despir e a cuspir suas sementes em donzelas que ele ia trazendo, ano pós ano, para o seu harém, com as quais fazia filhos e mais filhos.

Não que o meu pai gostasse de filhos. Gostava era de não trabalhar. Ser preguiçoso, alimentar-se do esforço das mulheres e dos filhos, negando-lhes o futuro.

Era sobre o meu futuro que minha mãe vinha falar. Tinha a orientação de vir sequestrar-me o futuro para corrigir o passado da família.

— *O teu pai te quer como peça sobressalente da família.*

Fui alvejada com estas palavras quando a minha mãe recebeu autorização para se instalar no meu quarto, sentar-se na minha cama e ficar à vontade. O que saiu do cano da boca da minha mãe, a julgar pelos dois cursos de lágrimas que lhe brotavam das nascentes dos olhos e desaguavam nas maçãs do rosto, também a tinha atingido.

Calou-se, enquanto dos seus olhos ainda vertiam lágrimas. Estendeu-me as mãos. Queria consolar-me e desse exercício ganhar alívio.

Sem saber ao certo para que minha mãe me vinha buscar, decidi pôr em prática a ordem. Ensaiei despedir-me da minha patroa. Não resultou. Acenei-lhe apenas, a minha mãe é que corrigiu a minha infantilidade. Sentou-se com a patroa e agradeceu-lhe por tudo quanto tinha feito por mim. Mas ela tem de ir — desabafou — o pai dela não ouve razão.

*****

— Pensaste que tinhas escapado, né?!

Depois de dizer isto, o meu pai molhou o chão com cuspo. Aquela era a maneira como desprezava os seus. Não lhe retribui o gesto por respeito à paternidade. Como pangolim, enrolei-me por uns minutos, rezando para que o velhote abandonasse a cela em que acabava de entrar.

Com a cabeça enterrada por entre as coxas, ainda vi o meu pai puxar o seu arco e flecha e tomar o caminho da caça. Eu tinha pena dos animais que poderiam ser caçados pelo velho, porque, na verdade, quem deveria ser caçado era ele, que praticava desmandos na família. Era ele que andava a vender tudo e todas as minhas irmãs. Em troca de álcool para se embriagar e esquecer-se das suas responsabilidades. Ele que se banhava no álcool e queimava celeiros prenhes de alimentos. Ele que diminuía a montanha das nádegas das suas mulheres quando se agitavam para o mundo. Sim, o pai devia ser caçado, perder-se na própria armadilha, que era a sua vida.

Quando o meu pai se perdeu no horizonte, eu saí a visitar umas amigas, as quais me receberam com espanto e pranto. Como é que eu ousava regressar ao calvário? Questionavam-se elas. Por acaso, eu tinha um pretendente de longa data, que andava a entulhar a minha família de presentes à espera de que eu donzelasse, de que o meu peito se arredondasse e de que o meu traseiro se rechease, pronta para servir como troféu, fresquinho, a cheirar leite, no perímetro de um leito?

Bem que o meu pai poderia ter cometido uma dessas desfeitas: andasse ao longo da vida a beber rios de aguardente de um pretendente meu, prometendo liquidar a dívida quando eu estivesse pronta para ser lobolada. Aliás, bem pensado, podia ter sido este o motivo que levara o meu pai a ordenar a minha mãe a fazer busca e captura na cidade e trazer-me como uma presa.

Avisada disso, achei por bem não conversar com nenhum homem, sob pena de ser acusada de adultério e ser vaiada na praça pública. Como acontecera com Micaela, uma dessas vezes. Explico-me. A Micaela, que agora tem 25 anos e 5 filhos, foi vista a namoriscar com um jovem da sua idade e foi acusada de adultério, justamente porque a família já tinha um longo passado a receber presentes de um pretendente seu. Bem dito: Micaela, mesmo sendo adolescente, já era esposa de um homem adulto.

Sem julgar com a régua da legalidade, Micaela era adúltera. A informação circulou rápida, e uma multidão cercou-a para apupos. A miúda deixou-se humilhar e depois molhar-se em lágrimas, ouvindo repetidas vezes o adjectivo "puta". A sua família foi obrigada a devolver tudo quanto tinha recebido. A sorte é que os pais dessa menina tinham bois. Subtraíram alguns deles para pagar.

*****

Quando o primeiro sol de 1995 se preparava para secar a humidade que a noite anterior tinha trazido para dar de beber às plantas, a terra e o adobe castanho-claro que dava polpa às estacas entrelaçadas das paredes, eu já estava no interior da casa da minha irmã mais velha a contorcer-me de dores. Eram as minhas intimidades que as produziam, as minhas coxas não se trancavam. Gotas de sangue, secas, coloriam-lhes as margens, denunciando abuso do sexo.

Impura como as águas dos rios onde os mineiros lubrificam o ouro me senti. Era urgente lavar-me, afugentar poluições. Como um minério: voltar a ganhar brilho. E como uma cristã baptizada: nascer de novo.

Fios de água seguiam pelo semblante quando lágrimas adormecidas nas maçãs do rosto começaram a cair, assim como as gotas de sangue que coloriam as coxas. Fui chorando ao ver o sofrimento que cada uma daquelas lágrimas representava, a brutalidade com que o meu cunhado se tinha atirado por cima de mim, ante o olhar e ouvir impávidos da minha irmã, que naquela noite tinha vindo arrumar o meu quarto. Naquela noite, eu chorei e quem se solidarizou, com os gritos, foram apenas as minhas duas sobrinhas, enclausuradas num quarto adjacente, do qual assistiam ao filme sobre como se rouba virgindade a uma adolescente. Minha irmã, condescendente, nem se agitou.

Como se esfregasse uma roupa enodoada, fui retirando a cada mancha daquele homem, gravada nas paredes do meu corpo. E sentia-me feliz neste exercício de depuração da alma até que vi descer do meu poço íntimo um líquido viscoso, igual ao caldo de quiabo, grávido de gingação.

Como que a fazer gáudio aos espectadores, o líquido se susteve no ar, impedido de descer e impedido de subir. Crivado de susto, bradei para os céus, mas foi na terra que tive socorro. A minha irmã, desta vez, se encheu de compaixão e veio ter à casa de banho.

— *Por que estás a gritar, Quinita?*

— *Veja isso, mana!* — mostrei com o dedo apontador — *Uma coisa estranha.*

Um sentimento oposto ao meu teve a minha irmã. Cheia de alegria anunciou o que aquilo era.

— *Isto aí é a semente dos homens.*

Mal a minha irmã disse aquilo, expulsei aquele líquido com a força que só os dedos polegar e indicador têm. Como se fosse uma narina, espremi a minha menina para que aquela semente fosse germinar longe do meu solo feminino.

— *Não adianta fazer isso* — disse a minha irmã. — *Isso é*

apenas resto. O muito já está dentro.

À terra do meu corpo, aquela semente podia já estar grudada? Rodopiei a inspeccionar-me. Mais uma dose de tristeza se instalou em mim. Rapidamente concluí o banho e fui para a casa dos meus pais, com medo de voltar a ser personagem do mesmo filme.

Quando cheguei à casa dos meus pais, a minha mãe não me quis encarar. O pai é que me arremessou um questionário, que visava servir mais como instrumento de ameaça do que para ser respondido.

— *Tens que voltar* — iniciou o meu pai. — *É uma questão de tradição. Eu já não tenho bois para devolver ao teu cunhado.*

Voltei e continuei a ser violada até que anunciei gravidez. A minha irmã e o meu cunhado se alegraram. Por ordens dos mais velhos, fiquei trancada durante o período em que a minha barriga se inchava como um balão soprado pela boca celeste.

Foi o meu bebé que me soltou da cadeia em que eu estava preso. Ele libertou-se do útero para libertar-me das paredes daquela casa. O meu cunhado festejou. Mas a minha irmã nem tanto, foi um ar de alívio que ela expirou, igual ao do meu pai, que veio com brevidade quando soube que eu tinha dado à luz, só, adivinhem, para saber de que sexo era a criança.

Quando o meu pai soube que a criança era um menino, se apressou a abraçar, com muita efusão, ao meu cunhado. E desse abraço, ouvi o seguinte.

— *Dívida paga. Já não vou devolver nada do que me deste pelo lobolo da minha filha.*

— *Sim, pai* — respondeu o meu cunhado. — *Acordo selado.*

No fim da visita, o meu pai pegou-me pelo pulso e anunciou saída. Eu, sem violência, sacudi-lhe a mão. Queria pegar o meu bebé.

— *Quero levar o meu bebé* — manifestei, estendendo os braços à minha irmã para que ela depositasse neles o meu filhote. Mas a minha mana não correspondeu ao gesto, inerte. Foi o meu pai que explicou a inércia.

— *Este bebé fica aqui. Pertence agora à tua irmã. Tu fizeste-o para ela. Assim salvaste-lhe o casamento, pois ela só fazia meninas.*

— *Mas...*

— *Mas o quê?* — ameaçou o meu pai. — *Isso é tradição e pronto. Vamos para casa.*

Obedeci e saí caminhando com o meu pai, pensando como a tradição tinha sido cruel comigo. A ponto de me ter tirado da cidade só e só para salvar o casamento de alguém e evitar que o meu pai devolvesse tudo o que tinha recebido de lobolo, o que, em boa verdade, ele tinha entregado ao álcool.

Melhor é o pobre que anda na sua integridade,
do que o perverso de lábios e tolo
(provérbio bíblico)

Melissa

Quando os viu passarem pela rua, Melissa torceu que aqueles dois evangelistas não notassem o prolongamento da rua e, por força disso, desaguassem na sua pacata casa.

Respirou fundo quando viu os dois missionários brancos, denominados Soldados de Cristo, ladeando um pisteiro preto, pedirem que Melissa lhes abrisse o imaginário portão do quintal, conseguido astutamente por ter ido morar, na hora certa, na famosa Praia Nova.

Alguns meses antes de serem evacuados daquele lugar, onde águas salgadas iam passear e fazer digestão quando o mar estivesse empanturrado, Melissa mandou espectar caules de mangal à volta do círculo desenhado no chão. Depois, entrelaçou-as com linhas finas de bambus.

No dia em que as autoridades governamentais foram confirmar o número de famílias a serem evacuadas e a beneficiarem, entre outras coisas, de talhões e chapas de zinco na zona alta, Melissa e os seus oitos filhos, órfãos de pai, estavam a mais na lista. Mas a jovem — corrija-se: jovem na idade, mas velha na procriação — não se abalou. Ensaiou um coro com os filhos.

— *Nós sempre estivemos aqui, a nossa casa é que não. Nas vezes que vocês vieram, a casa tinha sido rasteirada pelas águas.*

Melissa acabou recebendo tudo a que os outros pobres tinham direito: 1 talhão, 20 chapas de zinco, 5 sacos de cimento e bidões de vinte litros. Era nos bidões onde agora estavam sentados os missionários que acabava de receber em sua casa. Antes de orações, os visitantes submeteram Melissa a um inquérito.

— *O pai dessas crianças?*

— *Não é único. São únicos.*

— *Quer dizer que são muitos?*

— *Sim* — decorada de vergonha no rosto e riscando o chão com o polegar dos pés, respondeu Melissa.

— *Onde eles andam?*

Melissa não respondeu. Era malcriadez o que ia dizer. Mas partilho convosco, estimados leitores: "Eles andam lá fora. Queriam que os oito vivessem aqui comigo?!" Havendo silêncio, os missionários voltaram a pisar na mesma tecla.

— *Qual é o paradeiro do pai das crianças?*

— *Cemitério.*

Isso mesmo. Tinham morrido os oito maridos. Minto. Os oito amantes. Mal morria um, Melissa, desesperada e desempregada, saía a entregar-se a qualquer homem para que lhe sustentasse o recém-nascido. Melissa recebia o sustento e rapidamente retribuía com gravidez.

Acusada de possuir espíritos malignos, Melissa deixou de se meter com homens. Os seus filhos cresceram nas ruas. Agora, esperava que esta igreja dos missionários a ajudasse a construir a casa.

— *Ouvi dizer que nesta igreja, vocês ajudam os que não têm casa.* — quis ter confirmação Melissa.

— *Tudo depende da sua fé. Deus proverá.*

— Fé, eu tenho. Eu acredito em Deus.

— A ver vamos. Mas lembre-se de não invocar o nome de Deus em vão.

Para ser elegível à ajuda dos missionários, Melissa devia nutrir-se de fé e esperar trabalhando. Mas, pelos vistos, Melissa só queria trabalhar para ter fé. Desesperada, teve que mudar de igreja e de Segunda a Domingo lá estava, enquanto os filhos se alimentavam da bondade dos vizinhos. Tentando endireitá-la, outros irmãos a avisaram.

— Irmã Melissa, deve ir trabalhar para conseguir pagar o dízimo.

Melissa não os levou a sério. Até a semana de preparação dos exames para a conclusão de ensino primário, que ela frequentava, não deu importância. Deus proverá, é o que dizia.

Chegado o dia, foi à sala de exames munida de cábulas e rezas. Rezou a sério para que os vigilantes não a encontrassem com aqueles papeluchos. Mas o dia não era de rezar, era de azar. O professor desarmou-a muito antes de o exame iniciar. Rasgou-lhe aqueles papéis e perguntou-lhe se ela rezava, ao que Melissa respondeu afirmativamente.

— Então, Deus ensina a cabular? — quis saber o professor.

Não respondeu com sílabas gramaticais, como o professor

lhe ensinara. Entortou o rosto e curvou os olhos para olhar o professor de esguelha. O professor vigilante acabou saindo da carteira de Melissa, mas teve que ouvir o desabafo da examinanda à saída.

— *Senhor professor, eu não gostei do que falou. Onde entra Deus na escola? Cábula tem a ver com Deus?*

— *Afinal não tem nada a ver?!* — espantou-se o educador. — *Deus não ensina a prática do bem?!*

— *Não tem, senhor professor. Não se pode invocar o nome de Deus em vão.*

Insuficiente nas palavras, o professor, e Melissa, insuficiente nos pensamentos, não conseguiram esticar a conversa. Como sol e lua, seguiram trilhos diferentes, prevenindo-se dum possível eclipse verbal.

Mas, em casa, Melissa não pôde evitar o eclipse, quando o filho mais novo lhe disse que o irmão mais velho devolvera o troco que tinha recebido a mais na compra do frango. O quê?! Melissa não acreditou no que acabara de ouvir.

Recarregada de aborrecimentos, pegou o filho pelo pulso esquerdo e enclausurou-o num dos compartimentos da casa e começou a aplicar-lhe bofetadas, acompanhadas de sermões.

— *Tu foste mesmo capaz de devolver o troco, hein... o que va-*

mos comer amanhã? Tu não viste que esta era a nossa sorte?! Hein?! Tu não ouviste o pastor a dizer que se entregássemos dízimo, teríamos sorte?! Hein?!

No final da violência, o filho de Melissa estava a transpirar sangue, que tinha sido desalojado das veias. Melissa ficou arrependida ao ver o filho pintado do líquido vital. Correu a ferver água para massagens no corpo do miúdo. Se aquilo chegasse ao Gabinete de Protecção da Criança — My God!!! — Melissa estava ferrada.

Depois de passar paninho quente pelo corpo do filho, Melissa decidiu levá-lo à igreja. Devolver sorte? O miúdo só podia estar possesso, acreditava Melissa. Era urgente, para ela, a intervenção do pastor.

Informado do caso, o pastor estendeu uma mão sobre a cabeça do filho de Melissa, enquanto com a outra fingia requerer bênçãos a Deus para que, daí em diante, desfrutasse à vontade das "sortes" que viessem.

> De nós, o mendigo só precisa de comida
> sozinho ele sempre encontrará um lugar para dormir
> (provérbio sena)

O habitante de ruínas

Um molho de chaves desliza sobre o brilhante tecto de uma mesa de vidro, anunciando a chegada de Mário Cemprucento. É o provedor da família. Como se fossem moscas, em breve, todos os cincos filhos vão descer do primeiro andar da casa para serem regados, mais uma vez, com doses de carinho.

Cemprucento descalça as botas de cabedal em plena sala, após o que vai para a estante das bebidas e traz o seu whisky Famous, uma versão do que tomava em Londres, onde tinha feito o doutoramento.

Pelo gargalo segura a garrafa até que ela se sente sobre a mesa de vidro. E, quando quer voltar ao armário, a mulher, a Maria, o surpreende e ele se dá conta de que está em território alheio. Recua para o sofá, estufada só e só com o mais puro algodão, e pede que a mulher lhe traga um copo e cubos de gelo.

Enquanto a Maria se ocupa em preparar cubos de gelo, os dois últimos filhos descem dos quartos, ladeiam o pai e mostram-lhe uma infinita quantidade de "bons" que embelezam os seus cadernos de Português e de Matemática. Cemprucento olha para aquilo e enche-se de orgulho, mas é incapaz de lhe fazer esquecer de um grande problema que veio à superfície mal os doadores do seu país fecharam as torneiras de apoio.

— *Maria, dá dinheiro a estes miúdos para comprarem Coca-Cola.*

É Cemprucento que emite a ordem, quando vê chegar o copo que o levará ao local onde se esquecem os problemas. Mais do que alegrar os filhos, quer livrar-se deles.

Maria recebe as moedas que o marido lhe estende e convida os filhos a antes tomarem banho. Na verdade, é um truque que há muito funciona: levar os filhos ao banho e deitá-los na cama até que sejam roubados pelo sono. Coca-Cola que é doce não lhes dará naquela noite. Mas Maria tem de dormir de sobreaviso: é com Coca-Cola que quererão lavar a cara, no dia seguinte.

Dia seguinte é dia seguinte, Maria ouve isso dos seus botões. O urgente é fazer companhia ao seu marido que tragava duplos de whisky como se fosse água. Aquilo podia estar a acontecer por duas insuspeitas hipóteses: grande alegria ou grande tristeza.

— *Marido, bebe é por tristeza ou alegria?*

— *É por humilhação, mulher.*

Maria endireitou os ouvidos para ver se era afinada a voz da canção de lamentação que o marido lhe apresentaria.

— *Aquilo é uma humilhação!* — Cemprucento ergueu a voz. — *Só pode ser.*

Cemprucento, antes de chegar a casa, tinha estado num bar com dois amigos, que trabalhavam em duas agências internacionais de desenvolvimento. Ou melhor, faziam parte do clube de organismos internacionais que diagnosticavam pobreza e receitavam riqueza aos povos africanos. Cemprucento disse-lhes que estava a ser obrigado a fazer omeletes sem ovos, na Direcção Provincial de Salvação de Vidas. Pior, o pouco dinheiro que recebia tinha que gastá-lo com o pagamento da renda do espaço onde funcionavam as repartições do sector havia 42 anos.

— E, assim, o que pensas fazer? — quis saber um dos amigos. — Mas com tantas casas herdadas do colonialismo, os teus predecessores não conseguiram ter uma para a Direcção!

— Quero transformar um dos centros de Saúde para ser a nossa Direcção — retorquiu o director.

— E os doentes que são lá atendidos? — perguntou o outro amigo.

— Não te aconselho. Um dia, os doentes poderão aumentar — aconselhou o primeiro amigo.

— Podes localizar uma ruína desocupada na cidade — sugeriu o outro amigo — nós ajudar-te-emos a encontrar apoio para ergueres alguma coisa.

Sem mais, Cemprucento, que conhecia perfeitamente as linhas com que a sua cidade estava costurada, convidou os amigos a entrarem no seu 4x4 cor branca e com matrícula cor vermelha, indicativo de que era viatura do Estado, e partiram para a zona do cais.

— Aquela ruína não tem dono — disse Cemprucento enquanto accionava o travão de mão do carro.

Os dois amigos adiantaram-se e criaram dois vértices, enquanto Cemprucento, atrás, fechava o terceiro vértice do triângulo que ficou a ser desenhado no chão pelas sombras dos três. Fora da ruína, os três foram conversando, fazendo projecções para aquela ruína, a futura Direcção Provincial. Conversavam em voz alta, procurando marcar território dos que eventualmente os quisessem fazer mal.

Avaliado o exterior da ruína, os dois amigos meteram o pé dentro dos escombros e constataram vestígios de um mendigo: farrapos, latas vazias de Coca-Cola, lençóis encardidos, bancos partidos e lenhas que exalavam muito fumo.

— Isto aqui está ocupado! — disseram ao mesmo tempo os dois amigos.

— Não está ocupado nada. Esse aí é um maluco — sossegou o director aos dois amigos.

— Maluco és tu — reagiu o habitante da ruína — que em 42 anos de independência não conseguiste construir infra-estruturas para a tua direcção e agora queres-me arrancar o meu espaço.

Cemprucento gelou e foi logo montar no carro, enxovalhado. É com o último gole do seu whisky Famous que acredita digerir aquela humilhação diante da mulher, que de hora em hora lhe estava a depositar cubos de gelos dentro do copo.

Feio é o hábito de apreciar o que só é bonito
(académico Marcelino)

O analista drogado

— Eu avisei-o para deixar de ser crítico — lamentava-se Rodaviva, a mulher de Marcelino, enquanto regava o cume de lixo, com restos de sumo Compal, água mineral, leite fresco e maheu, depositado num contentor, que já tinha sido empurrado para a velhice e para a obsolescência pelas beatas de cigarros, ainda infectadas pelo fogo, jogadas por alguns transeuntes.

Acompanhada pelo primogénito, Rodaviva segurava na mão esquerda um lencinho que funcionava como o mar: acolhia os rios de líquidos que nasciam das traseiras dos olhos. Os passos com que caminhava não denunciavam infortúnio.

— *Está a tentar ser forte para conseguir chegar a casa. Quando a máscara cair, vai chorar como uma papaia verde ferida.* — diziam os que tinham visto Rodaviva receber a má notícia.

No início, quando a enfermeira em serviço a chamou e lhe contou o sucedido, Rodaviva não deu crédito à informação nem à informante. O marido, homem que tinha as vidas de gato, como gostava de lhe chamar, hospitalizado sete vezes no mesmo ano, não podia ter arrumado as botas ali com a menos grave das crises. "É nas águas mais calmas que o homem se afoga", nem munida deste pensamento, ela conseguia aceitar a exposição dos factos.

O marido tinha entrado naquele hospital cheio de vida. Cheio de vida era o eufemismo de gordo. Dizem que não lhe foi diagnosticado nada de grave senão falta de ar. Faltava-lhe o ar, restava-lhe um vazio na carcaça do corpo. Respirava com o ar das máquinas. Ficou nos cuidados intensivos até que se tornou intensiva a crise, estando entre a vida e a morte. Nesta disputa, a puta da Morte acabou vencendo e partiu com o ar de Marcelino.

Conformada, Rodaviva partiu para casa, onde já estava a

ser montado o cenário e palco dos que iam actuar. Os sofás foram encostados às paredes e cobertos de lençóis, sobrando, no centro da sala, um vazio que estava a ser preenchido por mulheres que vinham emprestar choro à Rodaviva.

— *A morte é como Xitique* — dizia cada mulher à saída da jornada de luto. — *Hoje é ela, amanhã sou eu.*

O luto com que lutava Rodaviva passou a ser suave graças à presença de pessoas diversas, que faziam lembrar mais festa do que passamento, que há muito, a bem dizer, devia ter acontecido. Para Rodaviva, o marido, o melhor crítico do país, estava a ser vítima de uma injustiça. Todos os dias lhe assassinavam o carácter com as mais mortíferas palavras, proferidas pelos guarda-redes do regime.

— *Não se pode dar crédito a alguém que se diz crítico enquanto elabora as suas pseudoanálises ao sabor de drogas* — diziam os detractores de Marcelino.

Aquilo era metade verdade e metade mentira. Marcelino consumia drogas mas nunca as usava como ingredientes para confeccionar análises políticas. As drogas lhe funcionavam apenas como esponja para absorver as suas frustrações, que não eram poucas. E não tinha estado naquele mundo, em creditação da verdade absolutíssima, por vontade própria.

Os que lhe tinham metido nas drogas estavam ali presentes, a assistir ao seu funeral, todo o mundo os via. Estavam vestidos a rigor, fatos completos de luto, com óculos escuros a condizer. Até terra deitaram por cima da urna de Marcelino, como lhe tinham deitado cocaína na primeira vez que o tinham convidado para uma jornada de doparia, depois de acharem que o álcool lhe era leve demais.

— *Este álcool, ultimamente, é só água. Tudo anda diluído como o País* — desabafava Marcelino.

Mal disse isto, precipitou-se logo-logo para a casa de banho, para esvaziar a bexiga. Mas antes de aterrar os pés da cadeira alta que o permitia estar numa posição de luta, de peito aberto para as garrafas de cerveja, dois moços que o espiavam do balcão esquerdo do bar se apressaram a entrar na casa de banho e simularam cheirar um pó branco.

— *Este álcool, ultimamente, é só água* — disse um deles.

— *Apoiado, camaradas* — reagiu Marcelino, feliz por alguém concordar com ele.

— *Por isso a gente se embebeda com este pó. Prove, Doutor.*

Marcelino, medroso, apresentou resistência, mas depois o álcool fez a sua parte. Expulsou-lhe a inibição. Abriu a mão direita e os dois amigos do bar fizeram-lhe descer alguns gramas de cocaína. Marcelino levantou a mão empoeirada e, como galinha que come no chão, obrigou as narinas a alimentarem-se naquelas mãos, após o que regressou ao bar.

A sensação era diferente agora. Marcelino via toda a gente como se fosse criança. Sentia-se Deus, conduzindo todas aquelas criaturas do bar. Via aquelas pessoas como os seus discípulos da academia em que dava aulas. Resumindo: tinha sido uma boa experiência. Tanto mais que achou por bem trocar contactos com aqueles colegas do bar para que lhe passassem a abastecer aquele pó.

E abasteceram-lhe mesmo. Diariamente eles ligavam para Marcelino a informá-lo de que tinham acabado de receber novas remessas daquele produto. Marcelino não resistia e encomendava alguns gramas até que baixou, pela oitava vez, no hospital central da cidade. Desta vez, baixou de tal maneira que acabou acolhido apenas pelo chão, justamente este com que os coveiros do Cemitério Central lhe cobriam a urna, ante o olhar intrépido dos dois colegas drogados.

Concluída a cerimónia fúnebre, um dos dois amigos drogados esfregou as mãos de contente. Iam receber os dólares pelo serviço prestado. O outro é que não se moveu.

— *Amigo, não te vejo feliz pela morte deste académico e crítico de sei lá o quê!* — disse um deles. — *Anima-te. Isso foi um serviço completo.*

— *Eu sou drogado, mas nunca peguei sangue* — reagiu o outro amigo. — *Viste toda a gente a olhar-nos aí no cemitério. Toda a gente sabe que fomos nós que matamos aquele Doutor.*

— *Sabem que fomos nós, mas não sabem quem nos mandou.*

— *Eu sei. Mas os nossos bosses podem se zangar, alegando que eles serão julgados pela opinião pública pela morte daquele académico.*

— *Nós todos só temos a mente suja, as nossas mãos estão limpas. Não fomos nós nem os bosses que o mataram, foi a droga.*

Não alongaram a conversa, os dois partiram para a secretaria do jornal O *assassino* e pagaram um espaço para a publicação de necrologia, que sairia no outro dia.

No dia seguinte, os dois amigos apressaram-se a adquirir o jornal. Viram um ardina e pediram-lhe um exemplar do jornal. Com uma lâmina, recortaram a parte que lhes interessava e devolveram o resto do jornal ao ardina e partiram, pagando, obviamente, o que deviam. Subiram as escadas do prédio onde trabalhava o patrão deles. Convidados a sentar, já dentro do gabinete, um deles fez deslizar sobre a mesa o papelinho recortado. Puxou a cadeira ao mesmo tempo que manipulava a boca para disparar as seguintes palavras.

— *Já silenciamos mais um crítico com a droga. Agora pode governar à vontade. Isto, obviamente, depois de também nos silenciar com os dólares que nos deve.*

> Meu filho, escute o que teu pai te ensina
> e preste atenção no que sua mãe diz
> (provérbio bíblico)

Conselho da enfermeira

— *Devem tirar este doente daqui do hospital para tentarem a sorte lá fora.*

A enfermeira Alice queria que Tião, único doente cuja doença se desconhecia, fosse levado à consulta de um curandeiro. Ou, se não conseguisse desviar o doente, pelo menos se criasse uma ocasião para um ladrão — neste caso, o curandeiro — entrasse naquela casa de hóspedes doentios e aplicasse a sua ciência, a magia.

Tião tinha entrado no hospital padecendo de tudo. Na cabeça havia algo a importuná-lo, os olhos, quais berlindes gigantes, tinham perdido o tino. Descolados, deslocavam-se ao sabor do vento. Tinha a sensação de bolhas deslocarem-se pelos intestinos, caminhos de comida. Isto é na parte central do mapa do corpo. Já a sul, o sol da doença tinha-lhe secado as pernas e os pés. Se se movimentavam era para compor as convulsões que regularmente lhe assaltavam o corpo.

Tião estava com uma saúde estável na gravidade. Como tinha entrado é como tinha estado quando a enfermeira Alice sugeriu intervenção do curandeiro. Não veio o curandeiro, veio o pastor da Igreja Milagres em Tempo Real.

— *Esses também tratam bem!* — disse a enfermeira Alice, procurando caminho de saída entre os acólitos do pastor.

Na cama vizinha, um paciente, que semanalmente assistia ao desfile daqueles, como gostava de os chamar, juristas da bíblia, murmurou:

— *São comissionistas, esses aí.*

Tinha provas dadas. Partilhava condomínio com um curandeiro, a quem vinham visitar aqueles tipos que o apunhalavam pelas costas. Dali, relatava o vizinho, saíam com frascos de água abençoada para combater feiticeiros.

— *Esses aí deixam pechinchas para o meu vizinho e ganham milhões com audiência conseguida com objectos abençoados por ele.*

O vizinho de cama de Tião nem sequer fechou os olhos quando o pastor anunciou um festival de preces a Deus.

— *Quero ver as aldrabices que hão-de sair* — falou para os seus botões.

Os que fingiam crer, fingiram também fechar os olhos. O pastor cobriu o tecto da cabeça de Tião com o dentro da mão esquerda, na qual desfilava uma aliança de casamento.

Como se estivesse um político naquele lugar, o trânsito para aquele quarto estava quase que interdito. Quem se atreveria a fazer o movimento de entra-sai-entra-sai com tanta gente em sentido. Pior, em estreitas falas com Deus. Até a enfermeira Alice, de plantão naquele dia, se plantou à porta daquele quarto do hospital para suplicar a Deus o regresso do marido, que se tinha instalado na casa da amante, fazia 120 dias. Aliás, muita gente naquele quarto, com mãos abertas e suspensas, à medida que as preces iam prolongadas, deixaram de rezar só pelos problemas de Tião, e começaram a convocar, para a possível solução, os seus problemas.

No final, a sala ficou crivada de barulho não purificado. Como Deus ficou com uma amálgama de problemas! E Tião, talvez temendo que fosse considerado teimoso, preferiu dissimular melhoras. Sentou-se na cama por umas horas, após o que dormiu à vontade. Antes tinha tomado banho sozinho, com um sabonete trazido pelo pastor, escavado jeitosamente com as pás das máquinas. Nestas escavações estavam depositadas letras, que compunham o seguinte som: "Deus é pai". Com o mesmo rótulo, lhe tinham dado um sumo. Até os lençóis, com os quais se substituíram os do hospital, estavam manchados — este verbo uso para dizer que os lençóis eram brancos, não é por desprezo, juro — com uma tinta vermelha e lia-se infinitas vezes: "Deus é pai... Deus é pai".

Para que Tião melhorasse por inteiro e por completo, não tinha que comer nada que viesse de casa, mesmo que fosse preparada por mãos insuspeitas, como as da sua mãe Lúcia.

Passavam das 20 horas, quando o pastor e acólitos deixaram o hospital. E voltaram no dia seguinte para convidar o doente e dar uma passeata pela praia que margeava o hospital. Tião ofereceu o corpo e caminhou lado a lado com o pastor.

Chegado à praia, viu uma multidão de membros da igreja orar e dar testemunhos de terem sido salvos por Jesus. E então chegou a vez de Tião. Estenderam-lhe o microfone, enquanto o *cameraman* lhe captava as imagens.

— Como te chamas.

— Tião?

— O que sentias, Tião?

— Eu sentia dores em todo o corpo. Os olhos giravam de qualquer maneira e na minha barriga sentia bolhas a andar.

— E agora continuas a sentir as mesmas bolhas?

— Não.

— Os teus olhos ainda giram de qualquer maneira?

— Não.

— Quem te salvou?

— Jesus.

— Quem?

— Jesus.

— Então palmas para Ele.

Salvas de palmas soaram nas casas de muita gente que assistia ao vídeo, passando numa televisão local. Até na casa da enfermeira Alice soaram as palmas das filhas, que já tinham ouvido falar das peripécias de Tião com a mãe. Contrariando a prática, a enfermeira Alice, recém-chegada do hospital, é que não se entregou às salvas de palmas. A chorar dirigiu-se às filhas.

— É pena que Tião não viu nem há-de ver este vídeo.

— *Porquê, mãe?* — quis saber Leonora, a mais velha das filhas.

— *Ele morreu na manhã de hoje lá na enfermaria.*

— *Morreu de quê?* — fizeram coro as filhas.

— *Morreu da doença que lhe fez gravar este vídeo.*

> À mulher do Cesário não basta que viva bem
> quer que lhe digam que vive bem
> (Vizinhos de Tina)

Casal de brincadeira

— *Tina, anda brincar de casado-casado.*

Era Dinhito, 6 anos de idade, estado civil solteiro, baptizado, natural do Posto Administrativo da Munhava, que chamava a amiga Tina para ser a sua esposa de brincadeira.

Tina tinha 4 anos de idade, mas já tinha aprendido da mãe a cuidar do cabelo, a lavar a loiça, a limpar o chão e a tomar banho para gingar. A ser submissa também, motivo que fizera com que Dinhito a elegesse como esposa de brincadeira.

Dinhito era agente da polícia de trânsito. Diferentemente do amigo professor, o Paulinho, que tinha dinheiro extra no início e final de cada ano, com a venda de algumas vagas e de notas para os clientes, Dinhito tinha dinheiro todos os dias, arrancados a automobilistas nas estradas. Atenção! Tudo isso acontece nas brincadeiras.

E foi justamente por Dinhito ter muito dinheiro ou não depender apenas do salário que Tina aceitou brincar de casado-casado com ele.

No primeiro dia, que na vida real corresponde a um ano, Dinhito e Tina viviam numa casa de pau a pique e as paredes maticadas com adobe. Bem explicado: Dinhito tinha arranjado ramos secos de árvores, espectou-os à volta de quadrado que tinha desenhado no chão e cobriu-os com tampas de garrafas de Coca-Cola, antes achatadas para o efeito.

No pátio da casa, Dinhito tinha uma motorizada de matope, na qual montava para fazer patrulhas pelas avenidas e de lá trazia o que era preciso para que Tina não trabalhasse. Dinhito era o provedor. Tina sentia-se cada vez mais propriedade de Dinhito e até aceitava bofetadas de brincadeira. Mas um dia Dinhito falhou no fingimento, nessas brincadeiras de porrada-porrada. Não se sabe se Dinhito bateu de verdade ou Tina é que sentiu dor de verdade. A verdade é que Tina correu a chorar para casa. E Dinhito seguiu-a.

— *Mamã, Dinhito bateu-me de verdade.*

— *Filha, eu não disse para não casar com Dinhito? Homem não presta. A escola é que deve ser o teu marido.*

*****

Tina fingiu que ouvira. Passado algum tempo, voltou ao lar. Braço ferido e olhos inchados. Mal acabava de se casar com esse Dinhito. Transcorria um ano. Um ano depois de se ter graduado em Direito. Um ano depois de se ter casado no altar, com direito a juras de fidelidade em tempos de crise.

Preocupada com esta crise, a mãe aconselhou-a a voltar para casa. Mas Tina desfilou resistências. Guardava fé: Dinhito ia mudar. Vocês não conheceram o marido na época em que ele era bom, desafiava aos demais.

Dinhito já fora bom, na verdade, para uma mulher com bom gosto. Ou melhor, do gosto da Tina. Generoso, já tinha poupado a mulher das despesas da casa. Ele pagava a luz, carro, a água, a comida, a cama e a vaidade dela. Até subsídio de casamento lhe dava.

— *Amor, para além do teu salário, tens este dinheiro para os teus caprichos.*

Motivo para que Tina se afogasse na alegria. E os lucros de casamento, Tina compartilhava com a mãe. Esta que agora se envergonhava do que tinha cantado, aos quatros ventos, na meninice da filha:

— *O teu marido será o teu emprego.*

— *O casamento também, mãe* — Tina gostava de ter respondido isto nos 100 dias de graça do seu casamento.

Bem que a mãe já se tinha corrigido nesta altura.

— *Minha filha estudou e está bem casada, ela não gasta o salário dela, tem um marido que lhe dá tudo* — fazia invejas às amigas e vizinhas.

É verdade que lhe dava tudo, com doses de porrada incluídas. E Tina escondia esta violência, mostrando apenas o lado A do casamento à plateia. Quando os vestígios de violência lhe desmentiam, Tina passou a vestir túnica, fingido mudança de religião. E às vezes usava óculos escuros para esconder os olhos inchados. Abandonar casamento? Isso é que não. Tina não queria mostrar fragilidades ao auditório feminino. Não queria que colegas do género a acusassem de não ter sido uma mulher suficiente para o Dinhito. Era bom aguardar e guardar a esperança de que o marido iria mudar. Todo o lar tem problemas, se consolava.

Um dia, Dinhito chegou muito bêbado e começou a bater na Tina, acusando-a de ser prostituta. Sovou-a até quebrar-lhe o braço. Contorcendo-se de dores, foi socorrida pelas vizinhas, que a levaram para o hospital. E quando o Oficial da Polícia, em serviço naquele hospital, quis saber das causas daquele incidente, Tina acusou acidente, o que não era de todo uma mentira. Ela sempre lutava com o marido e nunca tinha quebrado uma peça do corpo e não esperava quebrar. Por que cargas de água o braço decidiu partir-se?, questionava-se.

Diagnóstico: os ossos do braço estavam fora do lugar. Como lhe estava fora do lugar o juízo. Aplicou-se força para endireitar aqueles ossos. Como que a lavar-lhe o juízo, foi tudo a sangue frio. Sentindo aquela dor, talvez fosse denunciar o agressor, à saída do hospital.

É a caminho do Gabinete de Atendimento da Mulher e Criança vítimas da Violência Doméstica que Tina pensa no marido. Mais uma vez, pensa se vale a pena denunciá-lo. Pensa que talvez o marido esteja a batê-la porque se sente inseguro por conta da doença que lhe causou impotência. Talvez esteja a batê-la por culpa da bebida, que lúcido não faria uma coisa destas. Talvez esteja a batê-la porque ela se comporta como uma criança, exagerando em tudo e não lhe dando a devida razão.

Talvez esteja a batê-la porque uma amante se meteu na sua relação e esteja a virar a cabeça dele.

Tina não teve mais tempo para pensamentos, pois o carro que a levava estacionou em frente ao local em que iria denunciar o marido. Tina arrepende-se e quer voltar. É tarde. As agentes da Polícia, todas metidas na idade, estavam na varanda do edifício. Vêem-na descer do carro, com braço engessado, preso ao pescoço. Sobra espaço para mais um pensamento: o que as pessoas vão pensar se ela mandar prender o pai do seu filho?

Não encontrou resposta para a sua pergunta porque tinha de responder à da agente da polícia, que apenas queria saber da identidade do agressor.

— *É meu marido* — Tina respondeu com timidez.

A polícia foi buscá-lo, enquanto Tina pensava no bom homem que tinha sido o seu marido. Prestativo e nunca lhe fizera gastar um tostão do salário para as despesas da casa. Que sempre lhe presenteava e a convidava para jantar fora. Tudo isso não teria mais.

Dividida entre a dor de ter perdido o braço e a de perder o estatuto de dama, Tina viu o seu marido, recém-entrado naquele gabinete, ser conduzido para as celas. Diante do presente, Tina pede socorro ao futuro.

— Retiro a queixa. Não prendam o meu marido, por favor. Se o prenderem quem me vai sustentar?

> O que faz do ilhéu aventureiro é ter
> pouca terra e muito caminho
> (Ginho)

A bolsa diz tudo

Dois caules de milho foram obrigados pelo vento a abrir alas para que Ginho, portando o seu bilhete de identidade, um sorriso largo, intransmissível, passasse por aquele trilho em direcção à sua casa.

Horas antes, Ginho tinha passado por aquele carreiro e o verdejante milho, que escondia a cor do chão, mas não lhe tinha dedicado uma saudação. Agora, ao regresso, parece que os dois, o caminho e o caminhante, se tinham entulhado de arrependimentos, de tal maneira que cada um deles tenha esboçado alegria com antecipação.

Ginho passou e a vegetação, estacionada, seguiu-lhe os passos até vê-lo aportar-se na cave da palhota. Continuando a brincar no baloiço do vento, toda aquela vegetação doméstica, que àquela altura do ano fazia refém as palhotas do pai, surpreendeu-se ao ouvir Ginho despedir-se de tudo e todos.

— *Papá, eu ganhei uma bolsa de estudos. Vou estudar fora. Vou estudar na Europa.*

Anunciou ao Pedro Pegador, o pai, que estava a repousar os ossos e as polpas numa maca, suspensa no ar por quatro estacas, amputadas pela metade. O velhote não exibiu aflição. Plácido, estendeu a caneca que lhe ocupava as mãos. A instrução não carecia de esclarecimento: que Ginho enchesse aquele recipiente com a cerveja de mapira, que ainda fermentava dentro de uma bilha.

Enquanto Ginho caminhava para buscar mais uma caneca de cerveja, o pai ficou a mastigar e a engolir pensamentos. Vomitava alguns, de seguida. Queria saber quem, do outro lado, segurava o fio da mudança que o filho hasteava como bandeira.

Ginho entregou a cerveja ao pai e este, com voz seca e peneirada, autorizou a viagem do filho sob uma condição:

— Tu vais, mas deves arranjar-nos uma nora aqui em casa.

— Nora?! Assim da noite para o dia?

— É garantia de que tu voltas. Que o teu corpo, quando morreres, não vai entulhar um cemitério alheio.

A olhar para o pai, Ginho acabou atacado pelo silêncio. Como que a dizer: é pegar ou largar. O pai se manteve trancado para negociações. Ginho mergulhou o rosto, coberto pelas mãos, na cova que a disposição das duas coxas tinham criado. Queria mostrar ao pai que estava surpreso com a sua atitude.

Pelas janelas que se abriam entre os dedos das mãos, Ginho ia, furtivamente, vasculhando arrependimento no semblante do pai. Prevenido, o pai não dava nem um olho para o filho olhar. Vencido, Ginho alongou as pernas na vertical. Levantou-se. Abriu os passos e perdeu-se na vegetação.

Andando à deriva, despertou no colo da mãe, Dona Prematura, que estava a tirar ervas que podiam causar danos ao milho. Ginho lamentou-se à mãe que o pai não queria que ele fosse continuar com os estudos no estrangeiro.

— O teu pai tem inveja de ti, filho!

— Não acredito, mãe!

— Tu serás o primeiro na família a ultrapassar as fronteiras de Muziwangunguni. Tu vais superar ele, que sempre se achou superior *aos irmãos dele.*

Antes que Ginho contasse mais, a mãe adivinhou-lhe o que o pai lhe tinha dito.

— *Ele, se é que ainda, vai-te pedir nora e neto.*

— *Neto? Ele falou apenas de nora.*

— *Prepara-te, filho. Aqui resolve-se tudo com gravidez e filho.*

Dona Prematura falava por experiência própria. Mal nasceu, já tinha homem à sua espera. Como que a brincar, o futuro pai de Ginho passava, vezes sem conta, a saudar os pais de Prematura.

— *Sogros, como está a minha esposa?* — perguntava, perspectivando que as duas borbulhas do peito de Prematura amadurecessem e pelas coxas lhe gotejasse sangue.

Não demorou que Prematura, isto antes de ser Dona, fosse enviada pelo pai para auxiliar Pedro Pegador nos trabalhos domésticos. Corrija-se. Prematura é que acabou sendo doméstica de Pegador. E acabou engravidada, tornando-se, assim, prematura ao cubo. Prematura no nome. Prematura no casamento. E prematura na gravidez.

Por essa desfeita, Pedro Pegador quase foi preso quando a Administração tomou conhecimento do caso. Escapou porque a cadeia estava cheia. Mas Pegador espalhou outra versão

A mulher sobressalente

por Muziwangunguni: que ele tinha convencido as autoridades de não ter realizado um casamento prematuro, pois a menina já menstruava, podia engravidar e até os seios já podiam armazenar leite.

Sem intervenção das autoridades, Prematura manteve-se no casamento, a contragosto. Com o andar do tempo, não raras vezes, quis fugir do casamento, mas quando Pegador se apercebia pegava-a e engravidava-a. E assim nasceram os nove filhos que tinha, correspondentes ao número de fugas abortadas.

Agora Pegador queria usar o mesmo truque não para prender uma mulher, mas para no futuro devolver o filho à terra.

— *Papá, eu não vou conseguir arranjar mulher daqui para aqui* — disparou Ginho, que acabava de regressar de concertações, junto da mãe.

— *Não te preocupes com mulher, eu arranjo-te uma* — contra-atacou o velhote, desfilando um sorriso matreiro.

Não se alongou nas conversas. Meteu pé no caminho da vegetação e evaporou. Mas, em fracção de segundos, Pegador assomou ao pátio, ladeado de uma miudinha conhecida. Aliás, era uma criança a quem, regularmente, chamavam nora. Agressivo, o velhote sacudiu a miúda para as mãos de Ginho. E condicionou:

— *Engravida esta miúda, se queres sair de Muziwangunguni.*

Nesse instante, chegou a mãe do Ginho, cheia de lenha na cabeça. Como já sabia do que se tratava, decidiu dedicar pena àquela menina. O presente daquela menina fazia com que Prematura sentisse pena do seu passado.

Deus escreve certo por linhas tortas, se consolou Prematura. E aconselhou o filho a acomodar aquela humilhação. Preparou-lhe o quarto, onde em sete noites, como dizia, devia desgraçar aquela miúda.

— *Toma isto antes de seres violada.*

Às escondidas, Prematura estendeu a poção à futura nora para lhe estimular os hormônios antes do coito. Avisada estava: todos os homens de Muziwangunguni comportavam-se como agressores no sexo.

— *Toma isto para te comportares como um verdadeiro agressor.*

Como se contra-atacasse, Pegador entregou um frasquinho de gonadzololo, uma espécie de viagra masculino. Ginho, ainda triste, recebeu o medicamento que lhe remediaria a vontade.

Os dois enclausuram-se num dos compartimentos da palhota. E Ginho saiu dali quando a companheira sentia tudo aquilo que sentem as mulheres grávidas. Daquele quarto, Ginho partiu imediatamente para a cidade. Aqui foi encontrar o amigo que lhe facilitaria a bolsa e a partida para a Europa, onde, para além de se licenciar, queria voltar com uma mulher branca.

— *Para isto, terás que criar rastas* — avisou o amigo.

Como já tinha uma cabeleira comprida e desarrumada, Ginho passou, com ajuda do amigo, óleos e arrumações àquele mato, seis meses antes de partir.

Na Europa, cursou Economia e foi alvejado apaixonadamente pelo coração de uma brasileira que se doutorava em Antropologia. Vânia era o seu nome. A paixão foi tão forte que a brasileira acabou por engravidar dele.

Ciente das suas responsabilidades machistas, Ginho convidou Vânia para vir viver para Moçambique. A mulher brindou-lhe com um sim. Partiram os dois, Ginho segurando diploma de licenciado e a mulher segurando uma gravidez no corpo. Mas também não faltava muito para que Vânia concluísse o Doutorado. A parte prática da tese. Conclui-la-ia nos intervalos do casamento.

Em Moçambique, Vânia teve o primeiro filho e sujeitou-se ao pita-madzuade, primeiras relações sexuais algum tempo após o nascimento do bebé. Vânia, contra a vontade do marido, seguia todos os rituais cafres, como se fosse ela uma africana de raiz. Até convenceu Ginho a oficializar o casamento com aquela mulher que tinha engravidado dele na véspera de viagem para a Europa. Vânia aceitava ser uma peça com que se compõe a poligamia. E até ajudava a logicalizar os argumentos tradicionais dos nativos.

— *Assim se controlam doenças. Está-se numa relação múltipla, mas fechada. Diferentemente do amantismo.*

O ser e o estar de Vânia despertava cobiça nos filhos da terra. Os mais endiabrados imaginavam desfrutar do seu corpo, em cerimónia de purificação sexual, se o Ginho viesse a morrer. Algo não muito distante de acontecer a julgar pela quantidade de feitiços que se lhe atiravam. E morreu mesmo. Em circunstâncias que só Deus sabe explicar.

Os restos da morte de Ginho foram a enterrar. Para livrar-se da acusação de feitiço, Vânia esmerou-se nos choros, conforme lhe tinham aconselhado. Até ao pita-kufa, a cerimónia de purificação sexual, sujeitou-se. Aceitou manter relações sexuais com o irmão mais novo de Ginho. Tudo para que a vida lhe corresse sem maldição.

Depois de tudo isso, quis partir. Tinha chegado a altura de defesa da tese. Pôs o filho no colo e meteu o pé no caminho.

Marcados alguns passos, os familiares de Ginho pediram-lhe paragem.

— *Não podes partir com o nosso sangue. Esse filho que levas deve ficar.*

— *Como assim?* — respondeu Vânia, ciente das regras do jogo tradicional. — *Eu só deixo a criança depois de pagarem lobolo na minha casa.*

Pronto. Essa era a regra. Vânia partiu para dali a alguns dias defender, diante do corpo de jurados, o seguinte:

— *Nesta pesquisa que desenvolvi nas terras africanas, constatei que há um grupo de pessoas que tendem a criar rastas para atrair mulheres brancas; dentro de algumas etnias ainda se incentivam casamentos endogâmicos; os filhos, em muitos casos, são sempre pertença da família do pai, salvo quando não se paga lobolo; os homens quando pretendem sair das suas terras, por muito tempo, são obrigados a deixar uma esposa, garantia de que poderão voltar; por fim, as mulheres são obrigadas a realizar uma cerimónia de purificação sexual quando lhes morrem os maridos.*

Para arrancar nota máxima da parte do júri, Vânia mostrou o filho que gerou com Ginho.

— *Este é* — erguendo o filho — *a maior conclusão deste estudo. O mesmo foi gerado ao longo da pesquisa, participante, diga--se em abono da verdade.*

Wambire à flor da pele

As histórias de Dany Wambire são tão dele e, ao mesmo tempo, tão nossas. Embora as personagens sejam homens e mulheres com destinos malfadados, trazendo à tona o peso da memória de uma sociedade que oscila entre o passado e o futuro, não há como o leitor deixar de sentir o nó na garganta a cada desfecho das narrativas de Wambire. Ficamos em silêncio, pasmados, diante de histórias que, sabemos, estão comprometidas com o agora.

Recebemos como trabalho ficcional a escrita de Wambire. Mas a trama, que nos deixa em sobressaltos, dá o tom de denúncia do quotidiano de uma sociedade com padrões de comportamento que parecem não se coadunar com o século XXI. Por isso, não são as personagens que ganham a cena nestes contos, mas a trama. O contista enreda o leitor na escrita a tal ponto que não nos desprendemos da sucessão dos acontecimentos experienciados pelas personagens. Se são Valdemar, João Esponja e Maveze ou então Quinita, Tina e Prematura, não importa os nomes. O que fica das histórias contadas por Wambire – e o que nos frustra – é o destino praticamente inexorável das personagens.

A literatura de Wambire, podemos afirmar, está comprometida com a sociedade de seu tempo. E tem por traço marcante expor a realidade moçambicana de seu entorno na ficção que engendra, por mais paradoxal que possa parecer. Como o futuro sequestrado de Quinita, a personagem do conto "*A mulher sobressalente*", que foi abusada sexualmente pelo cunhado, com a anuência da família, inclusive da própria irmã, até que engravidasse e desse à luz um menino. O destino de Quinita, desse modo, tinha sido programado para servir como moeda de troca ao corrigir o passado do pai endividado pelo vício da bebida e da irmã que só gerava meninas, ou seja, pagar dívidas contraídas pelo pai e salvar o casamento da irmã.

As histórias de Wambire, portanto, não são apenas singulares. São histórias que nos remetem para um mundo que parece inverosímil. Mas que não o é. Daí a importância da literatura que produz. Com o nó na garganta, nós, seus leitores, nos damos conta de realidades aviltantes. E, atónitos, questionamos:

— Mas, afinal, quantas realidades temos?

Aparecida Maria Nunes
Jornalista, pesquisadora, escritora e professora de Literaturas Brasileira e Africana da Universidade Federal de Alfenas, em Minas Gerais, Brasil.

Glossário

Lobolo – casamento tradicional em Moçambique.

Maheu – bebida feita de cereais, geralmente de farinha de milho.

Mbava – ladrão.

Xitique – forma de associativismo comunitário em que os integrantes do grupo contribuem regularmente com dinheiro e/ou bens materiais para que cada um receba, de forma rotativa, o conjunto das contribuições.

Esta obra foi composta em Arno Pro Light, impressa pela gráfica META sobre papel Pólen 80g, para a Editora Malê, no Rio de Janeiro, em outubro de 2019.